灰娃七章

灰娃 著

冷冰川 图

汪家明 编

北京大学出版社
PEKING UNIVERSITY PRESS

目录

那只文豹衔灯而来

读灰娃

谢　冕

我和灰娃不仅是同时代人，而且曾经是同一个学校的同学，上个世纪五十年代，我们曾经共同生活在美丽的燕园。不同的是，她是俄语系，我是中文系。那时我并不认识她，只听人说，俄语系有个女同学来自延安。她一袭白色连衣裙是当日校园的一道风景。在北大，她当然不叫灰娃，灰娃是在延安时的小名，也是后来她写诗用的名字。认识灰娃是在九十年代她出版《山鬼故家》以后，她的出现在当日好比是一道天边的彩虹：绚烂，奇妙，甚至诡异，而且来得突兀。我们对她的到来毫无准备，那时我们正沉浸在新诗潮变革的兴奋与狂热中，我们的诗歌思维中装满了意象、象征、变形、建构、现代主义等等的热门话题，我们对灰娃非常陌生，一般也不会特别的关注。

但我终于有机会认识当日在校园擦肩而过的这位有点神秘的女同学了。认识她是通过她的诗，而读灰娃的诗也如读她这个人，简直就是一个历险的过程。在当日的诗歌狂潮之中，灰娃完全是“个别的另类”。她不仅带来了我们完全陌生的诗意，而且也让我们看到远离我们熟知和理解的别样的生活、别样的世界。那是山鬼居住的地方，这山鬼，还有这文豹（“一只文豹 / 衔一盏灯来”）[1]，我们似乎曾经在《楚辞》中遇见过，它们都是屈原曾经的吟哦。灰娃的诗有这些古旧的因素，说明她的诗歌元素中有很多古典的意蕴，借用她说的话，是“一身前朝装扮”[2]，古旧，斑驳，当然也庄严，再加上她的现代的意识和外来文化的影响，这就使她的写作充满了瑰丽和神秘感。

事情于是变得相当的复杂了，这无疑增加了我们阅读的难度：灰娃是当代人，和我们生活在同一时空，而且是曾经的“小延安”，有过充满传奇色

1. 灰娃：《不要玫瑰》。
2. 灰娃：《乡野风》。

彩的阅历，还是名牌大学的外语系学生。当然，更为重要的，是她患过严重的忧郁症，被论者称之为“向死而生”[1]的人。但是她的诗所展现的精神境界比这还要复杂，也展现出更多耐人寻思的丰富性。灰娃濒临过死亡，当时留有“遗言”，要烧毁所有的诗篇，不留下任何的痕迹，然而，竟然奇迹般地被留下了两首“遗作”[2]。这就是后来我们读到的两首。这些经历，再加上她始于痛苦而终于幸福的婚恋，这既使她的诗充满苦情，又使之蕴有偶见的欢愉。读灰娃，是在读一本丰富而难解的书。

首先，她表现苦难。她的年代是严酷的，陕北的乡间，忧患的童年，拖着小辫的小小年纪就穿上大号的不合身的军装。在延安，人们哄着、护着这个小女孩，她理所当然地适应了也热爱了这样的环境，但她依然惦记着挥之不去的噩梦，只因“黄土掩埋着整段整段的旧梦”[3]，使她的诗频繁出现故园、墓地和死亡的意象，使人产生无尽的伤感。充盈在灰娃诗中的还有兵燹、匪患、离乱，以及颓井残垣。这背后有诗人久远的记忆，记忆属于她，也属于她所经历的时代：“我不安的心，神秘音信摇荡 / 我细听梦碎，亲历故园倾圮 / 哭得像个孩子 / 心的家园已被荒凉阴影席卷 / 只有永恒的夜唤醒往日的梦。”[4]

对着无边的苦难，对着旷古的哀愁，对着世上人间的“莫名的惊恐”，还有美丽，以及神秘，诗人的思忖充满迷茫：“暮霭沉沉，弥漫在我们村子，巨大的阴影，我怎能说得清，怎么能说清，你无处不在，无边无形，你那世态人情千头万绪，离合悲欢随流光逝去，你的陈年轶事代代相传，你的忧患

1. 王鲁湘语，见王鲁湘为《山鬼故家》所作文。《山鬼故家》，人民文学出版社，1997年7月。
2. 灰娃病重时，曾留言要烧毁所有文字。但在处理“遗物”时，她的甥女还是为她留下了两首诗篇，这就是《我额头青枝绿叶》和《墓铭》。
3. 灰娃：《土地下面长眠着——》。
4. 灰娃：《记忆》。

叫人琢磨不透。”[1]这个“你”是泛指，也许是苍茫无边的万事万物，是神秘的主宰，说不清的不仅是现世的苦难，说不清的还有悠长的思绪，历史的，现实的，关于革命，关于信仰，关于公平和正义，人间的一切烦恼，天上地下的众生万象，还有炊烟的熏香、一丝苦艾的味道、万古不散的幽灵、尘世的惆怅苍凉，都在她的追问中。思想上仿佛是不羁的奔马，她的思绪千丝万缕，她的诗句缠绵而纠结。

在最新的这部诗集中，传统的北方农事的抒写仍在继续，诗行间依然是“灵魂祷告声漫空飘忽”，无论桃花流水，秋容恬淡，无论风停日午，明月高悬，她依然听见若有若无的灵魂哭泣声，哭声中出现的情景定格在永难磨灭的一幕：忽一日夜半，一队士兵荷枪实弹闯进村庄，抓去齐家独子，拉走谢家兄弟，那一夜无人入睡，哭到天明……[2]苦难是挥之不去的深沉的记忆：“从农人心里抽出愁绪丝丝缕缕 / 漫空摇曳回旋”，艰涩、寂寥，却庄重、绵长，有着“野薄荷辛甘清冽的味道”，她写那些漂泊无所的游魂野鬼，苦难是如此深邃，她的诗风是如此的凄厉，寒得彻骨的凄厉。

以上所引，大抵为泛写，而献给张仃先生的那一组诗篇，则是实写。亲人离去，痛不可言，忍泪伤心，不知“伤有多重痛有多深”[3]！灰娃为悼念张仃写了一首又一首诗：先生脑中风抢救四个月至先生逝世日，先生逝世当年秋日，先生逝世七十日祭，先生百日祭，先生周年祭，先生五周年祭，她都有诗记他、念他，诗是灰娃的一瓣心香。燕山余脉的那一座房舍，是她和张仃先生童话中的“大鸟窝”，那里的空气中充盈着“马蒂斯

1. 灰娃：《我怎么能说清》。
2. 灰娃：《灵魂祷告声漫空飘忽》。
3. 灰娃为张仃先生逝世七十天所作诗题。

均衡、明朗的调子 / 惠特曼波动扩展的海洋气概”[1]。先生的烟斗在西山薄暮的客厅里一闪一闪，那都是昔日的通常情景，如今竟成了这般遥远的追念——

神的启示神的旨意
于你肺腑隐埋歉疚禀赋
天意深植你一副恻隐敏感之灵性
神把自己性灵附身与你
赐你这等幽玄秘事，人不可会意
哎，善美尊贵早已皆属负面割除之类
月桂树橄榄树菩提树被砍以前
我们满心一弯新月伴着
一天大星星纵横穿梭回环旋转
风、水之琴反复奏鸣，如诗如梦
如今神已离去，可怜人世无数生命
为偶像而死价值何有
神赋予你这秘事天意
今夕又容身何处？
这黯夜到哪里去栖息？[2]

这诗句摘自灰娃为张仃先生五周年所作的诗篇。灰娃和张仃相伴经年，琴瑟和鸣，他们因此拥有了晚年的幸福，他们的结合更促进了诗和绘画、书法的完美融汇。如今的灰娃又把痛苦和孤独留给了自己。今夕容身何处？问的是先生，也问自己。他们毕生所祈求和信守的善美尊贵，在这茫茫的黯夜又能在哪里

1. 灰娃：《童话大鸟窝》。
2. 灰娃：《童话大鸟窝》。

栖息！灰娃的思考是浩渺而绵长的，她没有答案，最后还是把“说不清”的问题留给了我们。

灰娃的诗歌语言是独特的，古典的含蕴，雅致的词汇，时有突兀的字词自天而降，时而也有不遵习惯的表达，给人以完全陌生的冲击。几年前我就惊异于她的这种有别于众的诡异的诗风。在当今中国诗歌写作中，千篇一律和千人一面的倾向所在多见，而灰娃是独一无二的，她只是她自己。在写作风格上，没有一个人像她，她也不像任何一个人。她只按照自己的方式写，她就是唯一的“这一个灰娃”。要寻找灰娃诗歌艺术的来龙去脉，可能是徒劳的。在她这里，我们几乎找不到她受到别人的任何直接影响的痕迹，也找不到她与任何前辈诗人的“师承”关系的痕迹。我不愿武断地宣称灰娃的诗歌是“无师自通”，或者称她为“天才”，但我的确惊异于她的这种无可替代的独立性。

我曾用“神启”两字形容过灰娃的写作，现在看来，也还是这两字对她较为合适。都说艺术创作有它产生的背景，都说艺术是传承的，但说实话，这些“通识”，用在灰娃这里却不甚妥帖。中国诗歌界有很多的群体和流派，但灰娃不属于任何群体和派别，她只是孤独的“这一个”。从她的出现到现在，孤独始终伴随着她，而孤独不仅是诗人的宿命，还可能预示着诗人的成熟。毫无疑问，灰娃的诗是丰富的，但即使我们不谈她的诗，她的经历也有极大的传奇色彩。关于灰娃，我们可以谈论很久。我想说的是：灰娃是一本极有吸引力的，而且是有高度和难度的书。

2016年4月8日，于北京大学

长庚星芒为谁穿透云层？
在冬夜苍穹划出美的弧线
通往大地的心、
探向生命的细密沟壑
英雄气质不朽的寂寞
■幽暗机巧的深渊
美之脆弱厄运叫人无法承受
人性的■贪婪，梦的埋葬
统统掩映在时钟滴答中
今夜，长庚星抛出一束束光
自无限遥远，摇曳交错斜射下来
好似生命绽放的雪冠银杉
随风烁亮，银光闪闪

※ ※ ※

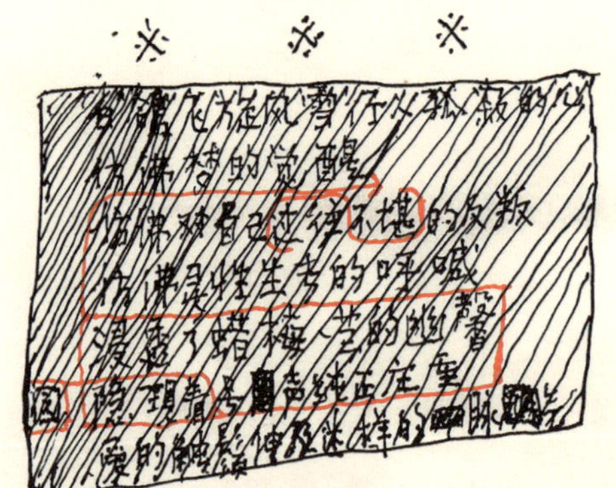

白鸽翻飞回旋■在
风雪行人孤寂的心、
仿佛梦的觉醒
漫透了蜡梅、兰的幽馨
隐约着细腻委婉■敏感、
自己的仿佛对■过往不堪的反叛
仿佛灵性生长的呼喊
爱■的触须伸及迷■样的生命脉络
为之惊颤，为之着迷
为之悲凉，为之冥想
捻年华
尚未为脚下世态耗尽
尚未随季风飘落天涯

我已退到海角天涯
一片树叶，一枚花瓣
跌落在深谷
梦里失落我的灵秘心
脚下世界，不屑一眼
敞开心窗，除却
[illegible]
星空、月色、墨韵、心香
能读懂菩提花、月桂花
风寒辞树不是寂灭，零落
是花随自己精魂归乡
可今夜，忧郁梦幻曲萦回
遥远离乡时 影 波中身
挽歌的灰色调子挥不去
房顶草草的干草风中轻摇
墙边疯长着紫苜蓿、
兔丝子、牵牛花、飞蓬草
今这祖屋丢在荒沟
被当作废品、过时的旧物
于屋里屋外，我们曾敬神、
喝茶、生日、除夕、干杯
村头再见不到老人们坐在
树荫石凳饮着烧酒
悠闲地聊天与叹
与时无争 与世界无争

今夜，临别夫里还不知
哪里去住宿，哪里歇脚
时钟跌跌撞撞，回音嗡嗡
仿佛那种种风尘梦影
都已无法挽回，却是
年月长河的见证
可怜人们的心扭曲变态、
众口吐火，面色冷硬
一次次喷向我，撕扯
我已然屡屡沁血的心
指斥我非当世正统一族
警告我：异端非己者务
我双唇紧抿，强忍我
倔强的脾气，必竟
这了关人、人性的是与非
然而共愤群指我
受惊的鸟儿脆
默默紧收了不住地瑟瑟
一年年一天天为此地活着
何时何日才能让灵魂
好去承接星空浩渺
月色清氛，墨韵深味
由人性的困境解脱
将我高高举起
救我于绝望，于窒息
竟要砍去我灵魂孤独
这可能吗？你们法问问上帝
不是我愿不愿意。

摆荡松林的喧响 1

一环一环掀波涌浪 2

在遥无声的腊月夜 5 3

大铜钟为谁而鸣？7 7

是什么人撞响了第一声？6 6

时而左辩，时而 悠 8

窖藏几世秘事、言外之意 9 9

光阴从心上行过 10

触痛爱与美的伤口 11

百年之殇，千年的寂冷 12 12

13 13

仿佛先人的回忆 14 时光深处

故园那架旧水车还在转 15

井水撞激出清亮好听的声响 16

一时间泪水满眶，轻轻地惊了 17

一种无名的思念 18

那口百年大铜钟响了

谁摇醒了那一袭深邃梦境 3

老式壁钟秒针滴答日夜 1

寂静的回声一没小心 2

触碰到委曲的蓝调 4

咬牙静听心灵失落的因由 5

爱与美的厄运之痛 6

依稀无名的思念 7

唤起这幽思忧患？9

点燃爱与美的祭奠？10

因为 11

云流着 12

星星闪点点 13

星空永恒 14

因为钟声琴声星辉敏感深深 15

因为昨夜血泪豪气千秋 16

花落坠地悄然 17

是谁拉响了琴弦

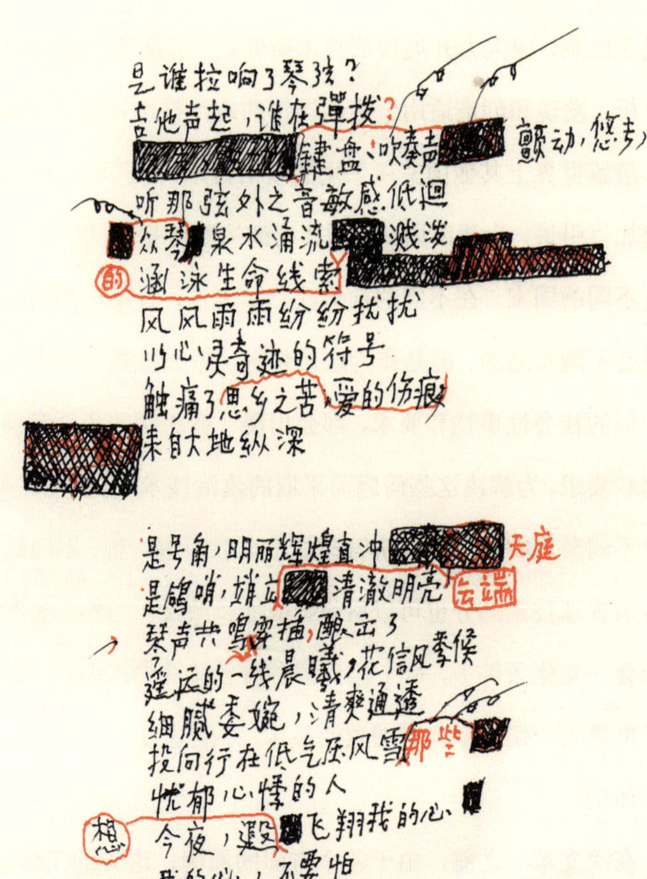
是谁拉响了琴弦？
吉他声起，谁在弹拨？
键盘、吹奏声 颤动，悠扬，
听那弦外之音敏感低回
众琴 泉水涌流 溅泼
的 涵泳生命线索
风风雨雨纷纷扰扰
心心是奇迹的符号
触痛了思乡之苦，爱的伤痕
来自大地纵深

是号角，明丽辉煌直冲天庭
是鸽哨，婉丽 清澈明亮 云端
琴声共鸣穿插，酿出了
遥远的一线晨曦，花信风季候
细腻委婉，清爽通透
投向行在低气压风雪那些
忧郁心情的人
想 今夜，飞翔我的心
我的心，不要怕
盏盏灯点着啦

携带森林的喧响

携带森林的喧响
一环一环掀波涌浪
大铜钟响了，为谁而鸣？
谁摇醒了那一場远梦
森林的余波一环一环延展
时而悠远，时而宏亮
密藏几世秘事
触痛了爱与美的伤
仿佛跟随先人重回
那架古水车还在转
井水撞激出清亮好听的音响
立时泪水模糊了眼睛

一种镂心的思念
流年
老式壁钟依旧滴答不停
回声连绵成一曲兰调
唤起这忧患之思以及
爱与美的祭奠的缘由：
星云旋涡流转不息
星星闪闪点点
星空永恒
受难的亡灵之灯千秋
花落坠地悄然无声

猎户星的星芒为谁穿透云层

猎户星的芒线为谁穿透云层?
在夜空划出美的弧线
通往大地的心、
探究生命的细密沟壑
机巧、暗、洞府 幽深
英武气质不朽的寂寞
爱与美的厄运
人性颓败、梦的埋葬
统统掩映在时厘董滴答中
今夜，猎户星射出一束束光
自无限遥远，摇曳斜射下来
好们绽放生命的雪冠银杉
随风烁亮，银光闪闪
今夜，与树冠一起摇风我的心，

银白鸽翻飞回旋
与孤寂的风雪行人同在 猎户星为波摇荡
仿佛梦的觉醒
浸透了腊梅、兰的幽馨
细腻敏感，清氛袭人
仿佛对过往自己的反叛
仿佛灵性生长的呼喊
爱的触须伸向生命脉气
为之惊颤，为之迷
为之悲凉，为之冥想
捡年华
尚未脚下世态耗尽
尚未随季风飘落天涯

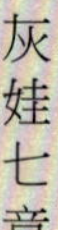

灰娃七章

章一

怀念张仃先生

童话　大鸟窝

伤有多重痛有多深

向神靠拢

柔光花影中享着慢时光

在月桂树花环中

童话　大鸟窝

——张仃先生逝世五周年

仃兄，生命的幽蕴
能否参悟
神光能不能照透
何以灵魂彼此相融
似氢与氧合而为清流
哪尊神收去你婴儿的笑
还有你憨拙味深的谈吐
难道不能让我们再次
露台绿荫下
任自己沉醉于

马蒂斯均衡、明朗的调子
惠特曼波动扩展的海洋气概
取出《毕加索》
你总说：“我们一起买的”
时有媒体青年问，你答道：
“为了这个西班牙老头儿
我可没少遭罪吃苦

直到二战[1]他成了一名法共[2]
多列士[3]的同志和朋友”

金银木、乔松林中
我们呼吸枝叶清馨
趟过缀满露珠的青草
仰望闲云来去悠然飘浮
惊异着是谁，施的什么魔法
让天空蓝得那样明净
那样静谧无涯
那样遗世绝俗
当对面山峰戴一弯月桂冠银亮耀眼
一对小天使天籁清灵依风而行
随银色乡梦远去了空明之境
我们静穆易感的心被那神异灵妙触响了

雏鹰欲飞花蕾待放的
青涩岁月情义风发，担当自负

傻傻地一意心系世界牵挂世人而
误入深渊，自认踏上圣途

直至既成往事并眼下种种击痛了心
可悲只在深渊扑腾挣扎，终于
坠入地狱，没有出口没有风
灵魂任蛇蝎烈火撕咬烧烤
人性的怕与痛折磨着心灵

于是寻思追问自身追问地狱何为
自救、呼救的呼声冲出心的壁垒
从自己走出，穿越可怕的世纪可怕的伟人
领略过坚定指向前方而
心怀激荡的生命情怀
我们还有没有期许？
破碎的心用什么来修补？
心在这儿思索，遐想，互来互往
这儿是家，免于恐惧，没有惊吓

这山里春夜子时深静幽邃
仍有鸟儿辛勤飞翔忙碌不休
我们连忙起身临窗细听
是子规高高低低远近往复
鸣吼声震慑天地人心
浑圆洪亮在黯夜来去回荡
听着惊魂瘆人
过后又留给天地间无尽的虚空
等着来年重又开始
想那神性灵异彻夜鸣吼为了什么
那深广秘奥人不可知晓
如今也随你去了

世人迷醉反向着神
亲历过繁华世态背面
寂寞深处，是神的意志
苦闷与悲情的婴孩你

依旧眼望天尽头，根性难移
艺事缤纷，情寄墨韵
语词艰涩，品味辣苦
笔锋下自有其生命修行
生命情怀的结晶
每项每件都是你灵性之光
一次璀璨地瑰丽迸发

我知道你高且宽的额寻思些什么
逢人夸你，你腼腆一丝笑
泄了隐在胸臆儿童的害羞
你一脸难为情，倒仿若亏欠他什么
神的启示神的旨意
于你肺腑隐埋歉疚禀赋
天意深植你一副恻隐敏感之灵性
神把自己性灵附身与你
赐你这等幽玄秘事，人不可会意
哎，善美尊贵早已皆属负面割除之类

月桂树橄榄树菩提树被砍以前
我们满心一弯新月伴着
一天大星星纵横穿梭回环旋转
风、水之琴反复奏鸣，如诗如梦
如今神已离去，可怜人世无数生命
为偶像而死价值何有
神赋予你这秘事天意
今夕又容身何处？
这黯夜到哪里去栖息？

暮春月夜，山坡树树杏花漫飞飘洒
落地悄无声息，不由人
一时无语，黯然屏气
一路上似醒犹梦，幽眇恍惚
月色、飞花回旋扑朔
春气、落英、四周一切
都小心翼翼暗示这一夜
不就是那岁时径自流转着

千载的孤寂与索寞？！

唯有鲁迅你一生心仪
以一辈子心血思索求解这位
大思想者、大爱的巨人
钟情钟美的人性价值的呼号者
没有谁能测出鲁迅在你心里
有多重，有多深
你以艰涩笔墨提纯你苦辣深挚的心事
沉郁顿挫书写你的孤独寂寞
我们品味古今那些绕着衷曲的心，
静听心的吟咏心的哽咽、控诉
我们灵魂的敬意、灵魂的叹息
永远向着：

敢大声嚎哭的人
勇于置疑、勇于呼救的人
突破意念重围自救的人

以沉思的最亮音释梦解梦的人
怒指俘获灵魂为业者，无奈而
纺织微词妙语予以笑刺的慧心者
持守仪态文雅、情致卓越的人
这儿是家
是安顿心的角落
这里心的纹路只指证
人性智慧的美与灯

我们曾去山上采回一大捧
修长好看的野草立在屋角
你说昨夜梦见我在河边林间
找到一个大鸟窝，我们就
住了进去，变成了一双鸟儿
从此朋友们称呼我们家
“大鸟窝”。我们栽的梧桐、丁香
银杏、海棠已长成擎天树林
成群的鸟儿盘旋在树林上空

枝叶清气四处飘拂

你默默感应色与光影变幻的微妙
看着林梢轻颤摇风
听着林梢低微的簌簌声
一袭亮云正静静飘过
这销魂的清晨与黄昏
总是倏忽而过，仿佛梦里失落的
叫人对日神车驾心生怨尤
花已飞尽，绿满乾坤
想问一问神：
远去的人回还是不回？

平日里各就各位埋头工作
家里处处静悄悄，时而
孙女儿的古琴古韵自楼上悬泻
烟霭苍茫，高山流水
漱洗我们的心

在日日劳作、阅读中
岁月无情的刀痕刻满我们的额
光阴催人日夜兼程
转眼我们已站在终端门口
最难忘你时有感慨：
“艺术，谈何容易！
而爱，又何其难！”
这儿是家，这儿生长着两株芦苇
两株芦苇两颗跳动的心

我多想再搀扶你
往工作室走去，另只手
端着你的老花镜、烟斗
你臂膀紧紧夹住我手
担心我抽出
儿童一样生怕大人离去
这些一桩桩我们的日常
填满了回忆，昼夜不舍

随风随水随清氛漫洒弥散

听，神的钟响了，你就要去

将你哀乐此生禀报？

既然彼岸蓝得明净绝俗

这可怜的人世委屈冤情无数

可会洗清？

2010 年 1 月张仃先生脑中风抢救第四个月初稿

2010 年 2 月 21 日张仃先生逝世　2014 年冬定稿

注：

① 二战：1939—1945 年全球规模的世界大战。

② 法共：法国共产党。

③ 多列士：法共领袖、总书记。

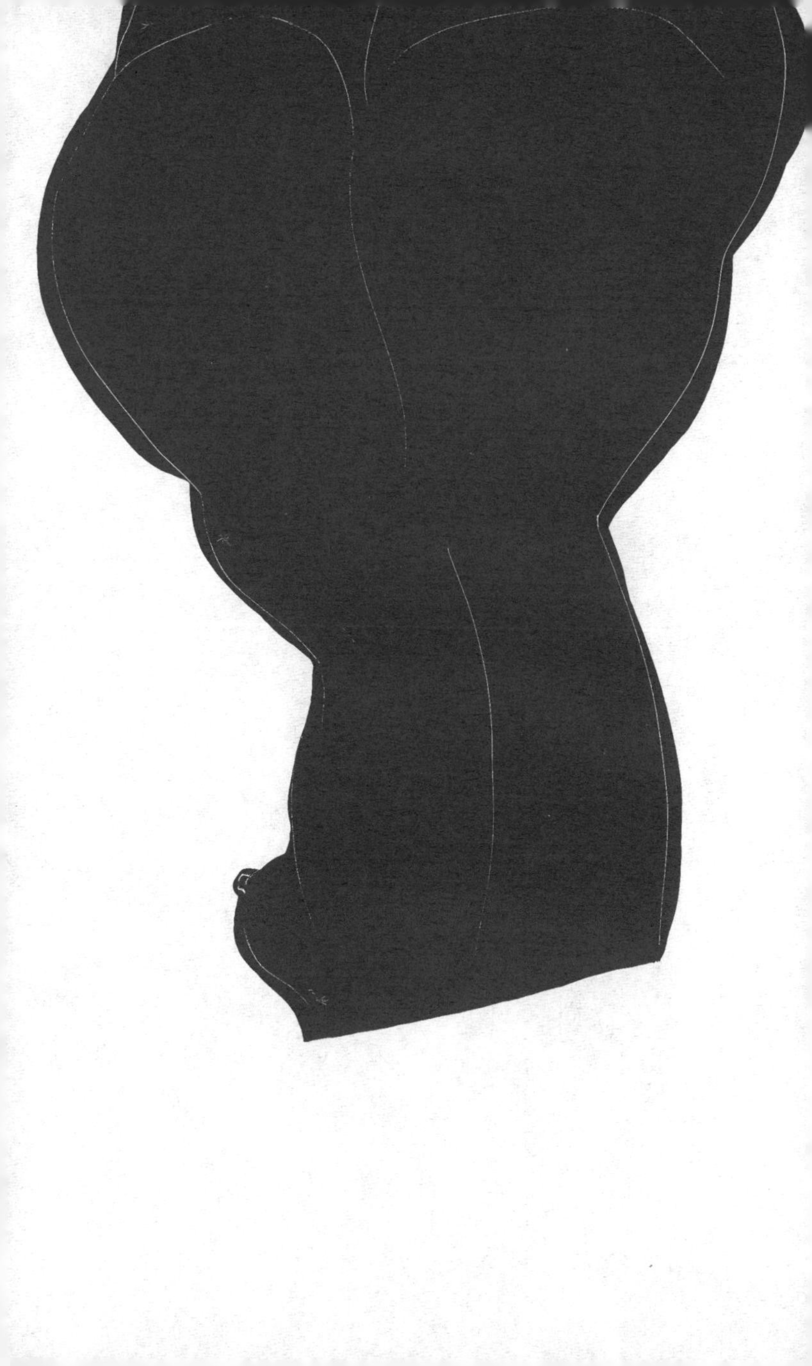

伤有多重痛有多深

全能的神

你要召回灵魂

也该放他们一回

逢七清晨

幽深的森林那儿

有隐秘心曲神光也难照透

有游魂寻觅

恍惚着游移在密林

东望，望不到家园

西看，看不见亲人

正是那白发上黑色贝雷帽依旧

浅色大衣风中翻卷

一手把握剑阁藤手杖

另一手紧攥 S 形烟斗告诉我：

西岸九个月亮蓝色光束游曳

星辉波光，歌诗流亮

我跟他去看云上一簇山峰

月光蓝薄雾缓缓缭绕，梦里见过
一组少女笼着轻纱，梦幻，忧郁
神的灵韵为你这般挥洒

魂与灵归来映在影壁门窗
闪烁不安，潜隐着深远的记忆
杨花柳絮轻歌婆娑纷纷化作
半夏、鸢尾宝石蓝花瓣
漫天飞舞，悠然自在，不谙
天人永隔人心伤有多重，痛有多深
不谙世上人心栖止难觅
更有心意被偷换为相剋相背
冲出自己心的壁垒何等不易，直须
穿越可怕的伟人可怕的血色的世纪

2010 年 4 月
张仃先生逝世七十天

向神靠拢

升向星空的路上
你显灵的高山顶
夕阳朦胧着红晕
你以一团雾
包裹着我，一双闪翅的
蝴蝶在你的眼轻轻耀动
你拿酒的醇香敷在我心上
月桂树、菩提树就
在我们心间徐徐增长
我们的心依稀向神靠拢
又为温柔的风吹拂

我便跟随你去那浩渺处
但来年你会不会
到这梧桐树下
白杨用银色闪光反复扫着纤云
你听，就像拂着天国祈祷那
忧郁渺茫的燕语莺声

那石壁映着水车转呀转的

我化作美丽柔和的晨曦

笼住你，把光延展开去

你向我走近，一如过往

用你的额牴住我的

青春的花开花落再拾不起

一年年怀着梦的故事也随风飘散天涯

情态言谈沉默叹息间隐约可见

更早先的余韵，枉负了伟人坚硬的心

世纪的梦怎样地把人心烧成灰

在光阴潺潺流逝中

听见疾风暴雨敲击土地的铁蹄声

听见过往云烟，听见世纪的惆怅不安

往后再没有钻出荆棘应春花开的好梦消息

而月桂、菩提青葱无际守望在天边

依稀我们灵魂的伊甸

2010 年 2 月 21 日张仃先生逝世
作于是年秋

柔光花影中享着慢时光

——2011 年清明扫墓归来写

柔光花影中享着慢时光

一杯龙井味不在茶水，味在

幽溪山林通达生命深秘的园心

待到日头回家收拾线缕

由尘世背面赶来，那亡灵在

月桂花环中辉映净水钻光束

天体广大无边缓缓旋转

树冠勾画出天际线委婉悠扬

星星疾速飘忽，月神清寂自在

它们向人间泼溅银色时光

还密议世上的事，为亡灵的慰藉

托付给清风细雨、鸣虫流莺

用天琴灵韵吻亡灵的心

用清凉泪水浇醒记忆

军号声！多么凄厉！

随后便停悬在半空

我听着树叶，听着寂静深处

听着生命延续的幽微动静

张仃先生逝世一周年
2014 年冬删改

在月桂树花环中

你的生日我要栽些松柏
高耸入云，与一抹朝辉
辉映你超迈的风神
再植一丛腊梅
姿影文雅，香芬清贵
与你的陵碑为邻
宿命将你献予全程岁月
而今听着鸟鹊闲话
听着柳莺唱歌
在月桂树花环中
你辉映钻石的光束

今年相思鸟初次北飞
头一声春礼一霎明艳
落寞的心惊悚了
想那些茵蕴升华的日子
都入梦来，这葱茏的春夜
你读懂了月光摇曳，体悟了

笔墨宣纸相触的生命奥秘

我不能忘你深埋记忆

默然沉静的那双眼睛

命运的强大挑战严酷磨难

以人之向美、脆弱竟能挺住！

轻轻掀动一缕游云

把心付予令人不安的墨韵

写于张仃先生逝世百日祭

2010 年 5 月

章二

北方农事诗

乡野风

灵魂祷告声漫空飘忽

我怎样致敬这不死的精灵

在梦幻灵异的永夜安睡吧

怎样感恩天地四季

乡野风

一身前朝装扮，古旧，尊严
砖墙、门窗、栋梁
兵灾离乱、风雨摧残
满屋陈年旧物及端午香药气味
微光幽暗中由门楣破裂处
斜射进来一束光，光束中
无数细粉、微尘徜徉抖颤
神龛中央，神位前旧铜香炉
三炷香三股青烟缭绕着
篆着缓缓上升，左转右弯
而后合并一气凌空消散

蓝色旧瓷瓶立着两枝残花
花瓣的胭脂色已衰退，想见当初
静静开在井栏，云霞、月光为伴
露珠辉映，散发醉人的芳香
神仙也唏嘘惊叹。如今已然憔悴
陷于沉思，别具劫后残损之魅

美遭摧折令冥思的心灵倍受
侵袭；而美之完善又何其艰难
香炉两侧两支大蜡流着泪
主妇将其点燃，素心虔敬
细声念些许愿与祈盼

烛光、香火、篆烟、神意
浸润人心敬畏，悲悯
仰头却见置于屋梁，竟是干透的
稼禾：芝麻一捆、茴香一捆
芸豆一捆。主人特为来年存留的
优质良种，连年地用心
反复拣选，力求颗粒饱满
口感柔顺醇厚。岂是偶然！
亿万农夫、农妇世世代代咽下
无尽的心酸，全体人生存之
精致、尊严与前进的原点

这会儿时不时出自屋角
断断续续蛐蛐儿几声鸣叫
冲破乡野亘古的寂寥
谁家媳妇的银钗挂上蓝天？
微启着梦似的笑靥；透过
窗前微弱光影交织着忍冬枝叶
点、线应在其位，布局得其要领
一幅炭笔素描影映在窗
一天的辛劳结束，自家祖传庭院
随一声长叹坐下来，静听村外
流水拍岸磞碎散飞之妙音

半晌歇息，人也有些迷醉恍惚
心灵的神龛贮藏起菀豆花、
牵牛花、葫芦花、丝瓜花、枣花
楝花、椴花、合欢花、榴花
槐花……含着丝丝悠悠的
惆怅的幽馨……
花信风从这无边的乡野

二十四番都刮过

纷繁世事来去不绝

哀鬼、冤魂孤零风尘

仙、灵、精、怪魅影飘曳

不定何时报复谁的招惹

也布施些不足道的好运

乡野的丝丝缕缕点点滴滴

通过每个生命的细流幽秘渗透

它那天真的梦撕碎了不知

多少人的心。请敛起笑意

听，听乡野辛酸的呜咽

隐忍的叹气，沉重的喘息

负载着天、地、人旷代之殇

浸涵着创世的美低低回荡

无声流转……

甲午大暑初稿

完成于阴历四月 — 七月

灵魂祷告声漫空飘忽

隐隐约约漫空飘忽
带着乡野风徘徊流转
曲尽农人世代的艰辛悲苦，
农人的渺茫和焦虑丝丝缕缕
时而似雨声滴树，潇潇漫洒
时而在大气中滑行浮游
不是音符起落延长，是灵魂
灵魂祷告的音乐漫空飘忽

无论桃花流水，秋容恬淡
还是风停日午，明月高悬
时或听见若有若无灵魂哭泣声
紫苜蓿花开，麦苗儿返青
灵魂祷告的曲子迎着田野升腾的
地气盘桓在磨坊、马厩
庭院、井畔，带着希望
涵着不测，把农人的心悬起

麦浪与夏云齐飞
灵魂祷告声伴着
乌云大笑，滚动狂奔；农人
齐心合力抢收，怎能胜过天意？！
一年的指望落空。毫不眷顾
滔天巨浪将农人翻到悬崖绝壁
飘忽的灵魂的祷告
细细响着，揉搓农人的心

雪亮的云应答爽朗的笑
谷子入仓，石磨、石碾在磨坊
日夜转着。忽一日夜半
一队士兵荷枪实弹闯进村庄
抓去齐家独子，拉走谢家兄弟
那一夜无人入睡，哭到天明
后几日全村冷寂，听不见人声
灵魂祷告的音乐似断还连

从农人心里抽出愁绪丝丝缕缕
漫空游曳回旋。听着仿佛
让人诉出心中压抑的琐细的
苦与乐、爱与忧、怨与愁
多少代已把这些氤氲成四季的
滋味与情调：艰涩，寂寥
却庄重，绵长，像井畔、河沿
野薄荷辛甘清冽的味道

农人依仗这情调抵御
烦难、邪魔与离乱，世代
的苦与乐、爱与忧、怨与愁
回味醇厚，酿成日常时光
醇美似酒，似春风细雨
入心牵魂。芳草年年绿
生于忧患，长于离乱
聚合离散寻常事

梦，又是怎样跨海、翻越
巨型兰钻石透明的冰山
飘落一汪水泉
映漾着灵魂祷告的曲调
回环流转。甜蜜、宽心奇缺
辛劳、灾患日日年年循环不断
世代亿万农人终生漠然面对
我深深深深低下了头……

甲午小满

我怎样致敬这不死的精灵

春雨开始落下来，南风把
久违了的湿草、湿土气息
吹向开满花的樱桃园
透过雨帘，乌黑苍劲的树干
撑起鲜绿、水灵的密叶
和精神、挺拔的白色花
生命在孕育之后，正悄悄生长
果实、籽粒都在紧张地
灌浆充实自己

春风春雨送来新一年的喜气
奔跑在披满报春花、风铃草
的山坡，心灵的双翼无声飞起
好多树高举鸟儿在风里摆动
在影里晃摇。护园的孩子
不要让鸟儿提防你的弹弓
鸟鸣新声报春信
你要领它去水边消渴、歇息

你不知道，有一年花信风狂吹

乱了秋霜春露、晨钟暮鼓
遵从神明启示，鸟儿提醒人：
别忘了打理灵魂
别走得太快，等一等灵魂
鸟儿有神性，是神的信使
从不倦怠的翅膀，天使的歌喉
一面从雨帘往复穿梭
一面呼喊春消息
把远古时序、农事诗宣示：

阿公阿婆！割麦插禾！
阿公阿婆！割麦插禾！
收麦布谷！收麦布谷！
收麦布谷！收麦布谷！
歌喉圆润，明亮沉稳
音质透明，似银色水流

儿童唱赞美诗一样清纯
带着神的期许
殷殷深情，听得人心疼

听，一声一声不停不歇
那样执着，那样急切
莫非要叫到咯血！
听着让人断肠！
拂晓前月儿已沉到山后去了
漆黑夜空，子规往返飞翔呼喊
惊起无眠者，也把梦中人唤醒
自打天地起始，子规就是如此
我怎样致敬这不死的精灵！

甲午谷雨

在梦幻灵异的永夜安睡吧

我多想盗走你苍青色的梦
苍青的清晨，苍青的夜
苍青的古松柏林郁郁葱葱
日月星云从木香里悄然滑过
斑斓的草花的清馨浮动
枝叶藏有乌鸦、鹰、喜鹊
百灵、啄木鸟、画眉、昆虫无数
弯曲小径穿插来去，尽头
安睡着百日咳夭折的一个
来到人间仅三年的小小生命

小路弯处柏树枝叶垂落掩映
长眠着一位老寡妇。她等
被抓走从了军的独子归来
一会儿门外瞧瞧
一会儿村口望望
焦虑蚀心无以忍耐，走到
丈夫坟前，边哭边数落自己命苦

苦思苦盼，着急上火地
四十年，临走仍不甘心
眼眶留着两大颗混浊的泪

森林边缘一位缺吃少穿的壮汉
给同姓大户干活挣粮养家
终脱苦海永久歇息了
儿孙们活法跟他没什么两样
不久，一个儿子跟一群土匪跑了
依行规远离近亲近邻，去远处
打家劫舍。一个孙子出走瞎闯
一年过后，村里人私下风传他
进北山投奔了红军
丢下女人、幼儿孤苦煎熬

较远处躺下的是一位
身裹八套锦绣嫁衣，头戴凤冠
肩披霞帔；新婚年余，难产而

空留婀娜身影走向黄泉的
一株秀气的白杨树苗。这座坟
还留有纸人、纸马灰烬和新的
零乱脚印。几炷香冒着青烟
左弯右绕，随后参差凌乱消散了
人说命薄，荣华富贵承接不住
有说命硬，克福克夫，活着灾多

也有正当风华而弃绝尘寰
是非闲语人言可畏，夜深人静
丈夫、儿女沉酣梦深。她
吞下罂粟，顶美艳的花送走她
连同她胸腔那团烈焰
苦命的人，活下去能否淡然了
心头怨恨事？熄了那团烈焰？
好在丈夫、儿女为她坟上
栽了三棵白茶花，好与她
清净姣好的魂灵交相辉映

王朝兴衰，人命存亡，浮尘起落
这儿还散落些石人石兽，它们
毁于战乱、匪患，只一只石羊
完整地耸立着。淹没在青草丛
苔藓斑驳的一些石碑前，长眠着
家族过往世代的一家之主
拥着名贵衣被，头垫玉枕
安息在他们陵寝。碑上铭刻
一生的学养、品格、治家成就
以及在方圆数十里的功德

这古松柏林，坟头多到数不过来
落日烧烤着亡灵们的烦怨
老寡妇死后，传言她十四岁的
独子，头次上火线倒下再没起来
这说法出自远村一位刚返乡的
残疾老兵。她在阴间托梦儿子
幼小孤魂千里漂泊归来故土：

我人在哪里？哪座坟是我的？
可怜沙场、故土两无所栖
日夜在这苍苍老林飘荡寻觅

远方飘着柔美、忧郁的晚霞
夕阳的芒线射进松柏老林
琢磨黄泉秘境人怎样漂泊问路
直看到太阳神把光及芒线收回
当北风拉响凄厉婉转的惊笛
——生命降临何等庄严惊异！
凋谢归去，又何其黯然断魂！
夜的暗影，诡秘细微地低语
仙、灵、精、怪任意徜徉游荡
鬼灵慧黠，浅吟低唱萦回反复

出入农舍、学堂、马厩、磨坊
并无恶意。猫头鹰可不然，星星
正忙洒露水，月亮散花悄步移转

白杨树梢微微抖颤
寅夜阴影密布，人在梦边觅路
撕裂夜的静深，时有妖声邪笑传来
农人深信猫头鹰嘲讽人受苦
没有尽头，直通幽暗、阴冷的坟墓
可它不知，农人有自己的神
有柔情似水，代代赓续推进

日后你走进这苍老的家族墓园
松柏摇风，青草鲜花芳香依旧
落叶、蝴蝶在风中嬉戏追逐
鸟们张翅从月蓝色的雾穿过
恰似水上帆船被风吹行
倏地鸟群纷纷冲上天
在古松柏林苍青色的上空
盘旋，盘旋，它们为什么
不落下来？思念久远的从前？
边飞边议，于闲步中探索什么？

日后你走进这勇士和公主的梦境

流光澄澈，月色空明

银色的夜，梨花的夜

梦幻的夜，灵异的夜

你听这苍青幽邃的古松柏林

风从它们身上飘过

一阵潇潇

风神纤指滚抚天琴七弦

清音灵韵，潇洒出尘

梦幻灵异之夜正走入永恒

甲午夏至

怎样感恩天地四季

孩子，前天去山里我们多开心
那么多鸟儿展现歌喉试新声
不同音调、音色，多声部、多层次
各声部错落跳出独显风采
时而又浑然一体轰鸣流动
心魂融化，不知所以
那边树梢窜出高音灵亮
这边草丛浑厚老成，低声呼应
气质迥异而又妥帖、均衡

我们该去挖白头翁、紫地丁了
它们长在后山坡，人未涉足
留有自然本真。那白头翁
酒红长裙罩一层浅色透纱
仙客来一族，波西米亚风
紫地丁灵俏矜持，灰紫长袍飘飘
凌波仙子，东方闺秀。孩子
在这万类生命怀里，人的灵魂通透

发出奇丽的神光

只须清水、日光，在我们窗台和
书案，它们立于原白色陶缸
烛光环绕，乐曲悠扬
花与窗外明月两相迎映
孩子你看，它们又在做梦：
梦见黑豹驮着乌鸦走夜路？
山泉涌流古琴空灵清幽？
做涧边一朵花，听风听雨
听松涛、流水，一片辽阔海空

我们去听峡谷回声，忘情呼喊
喊声向前波动而去，与远方
瀑布回声碰撞，并拢，再荡远去到
另一山谷又往返几回，才渐次
弱下去归于沉寂。孩子，这时
峡谷说着细雨般隐微不清的

语音，它向谁细数亿万年深埋的
异事奇闻？我们满心收藏起
峡谷这许多无法解释的大神奇

坐在你的茅庵前樱桃树阴
喝茶，说话，用你的粗厚土陶碗
曾祖母留下，画有喜鹊登梅
碗心一个福字。我们安心地
茫然看着地平远方，让光阴
慢悠悠流。你在园子巡走
我想着戴银项圈的少年闰土
也是月光四射，瓜田里他用钢叉
向猹猛刺的飒爽英姿
不久，蝈蝈、知了喝饱了露水
将起劲儿唱，赞颂天地四季
日神玩他的魔方把戏，看似
春回，天增岁月人增寿；实则
无情岁月增中减，秋声添得

人憔悴。孩子，该怎样珍惜
新年份？珍惜当下？怎样珍惜
似增实减的生命旅程？又该怎样
感恩意味无穷的天地四季呢？

甲午立夏

章三

旧檐下

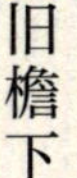

旧檐下

寂静何其深沉

月流有声

那些生命　那些水井

童声

哭什么

叹年华

沿着云我到处谛听

我怎样再听一次

我怎么能说清

旧檐下

2009 年 10 月至 2014 年抑郁症复发，时时想着自己已离世远去，偶归所见所思。

风吹霜打我那老旧屋檐
这春花飘舞的农历三月
有燕依旧归来绕飞
在檐影幽暗里穿梭
辛勤鸣叫着呼唤人归
一阵黄昏雨鸢尾的紫色花

从石缝也应时吐露芬芳
满庭芳菲春意终将落幕
这故园前世的回声哪里藏匿？
旧日朋友脚步喧笑何处找寻？
是不是随落英一片片寂寞地
游移在庭院的门槛窗扉？

不期然自那棵青桐树叶丛

一串笛声清澈剔透，又重归
寂灭虚静，只听光阴倏倏
谁在操控尘世欲望竞相冲天
树从余光里悄声细语那桩
要想遗忘却不容易的事

苦味蚀心担惊忍痛
以原本脆弱的人之心负重担当
匍匐姿势保持呼吸，内里
酝酿尊严之光泣鬼神的力量
变灵魂深不可测的煎熬为
思索的、寻找的、超越的

我渴望知道天岸后面有些什么
无奈时辰已到，神心中有数
草、花、树、鸟姿影轻颤
一枝一叶难过莫名，似梦游我

怅然转身，又频频回首

一种巨大的失落……

2012 年 4 月写
2014 年冬删改

寂静何其深沉

昨夜
寂静何其深沉
声息何其奇异
宇宙一样永恒
参预了鬼神的秘密

那只南来的黑燕
在我耳边低声絮语
诉说上帝安顿我灵魂的
一番苦心

月流有声

暂且活回自己　只光阴一寸　那时

松树后山崖下　有冬之魅正

谋算来年风雨　星子们却依旧

穿越虚空垂落下来　冬的安谧

悬在天体浑圆无垠

一朵白莲于天际悄然游移　不觉地

涌入听觉广大浓密的静默　在

耳边涨落　我听着

月亮在高空流转　听着万类

玄奥幽微不稍消歇　心

也随之去了远方　与一片流云

一同行进　虚静托起芬芳

竟是这般沉醉　于是才记起

我已把自己抛出太久

心室堆积的　是些飘零的黄叶

纷乱　枯干　而此刻我要

把这些芬芳这沉寂的深渊收集

永远留在心里　这是我

隐秘的奢望　再不要

再也不要和我的寂寞撕扯　让

梦的废墟　琴弦摇曳穿梭

梦的荒原　童音耸拔明澈——

云儿飘　星儿摇摇

海上起了风潮

爱唱歌的鸟　爱说话的人

都一齐睡着了

那婴儿睡中的笑幼鸽翻飞

那歌声清绝如洗

都一起回到梦里

2007 年 11 月

那些生命　那些水井

昨夜　有谁如我
到过一处秘境　领受一种
非人世的启迪
能唤出整队精灵　像风
牵着缕缕白云
穿越奔流的星星　从童话城堡
各式奇异屋顶掠过
还断续涌出歌声鸟鸣　甜蜜地
思念遥远的姓名和水井

绵延的悠长岁月的沧波
如诉衷曲在
幽暗的微亮中起伏　忽然我
被一袭电流击倒　痛彻丛生
恐惧委屈淋漓浇注　终被
造就为异类偏执者
成了自己的地狱　日夜折磨
孤立无助中热望呼出魔咒

举我出去　如此的徽记　试问

还有什么　比这样的一种生命徽记

更其难忍难容

2007 年 12 月

童　声

妈妈　在这
寂灭的静的圆心　我
听自己心碎裂

和你告别我们
唱着中国
手拉着手

后来就
满城娃娃脸
我们认成了弟兄

迷彩服快速移动
冲着我们　像要
警告我们什么

来不及弄明白就
到达这寂灭的圆心

转眼已是小雪季节

旧背心单薄
弹孔密布
我的头颅我小小的心

一种叫做达姆的枪弹洞穿
你送棉衣的时候妈妈
记着带些纱布药棉

别忘了我的课本和歌页
妈妈　听说我们那边许多的事
都重新安排过

……

哭什么

造化以月色、神灵、上古传说
叩访我朦胧迷茫的寂寞
我最初的祈祷，在远方圣山回荡
星星往来穿梭，子时便热烈燃烧
深邃湛蓝，永夜的魔幻
不由人时时惊悸，夜夜战栗
异乡苍穹下侧耳听自己心跳
神已临近，不觉间涵泳于
广漠空明，回归梦的故乡
尘世曾以诗、酒、花的隐秘气息
神迷我的烂漫，酿成我的光阴
日子如梦，人世无虑无忧

却说我娇柔的嫩羽触碰狡黠的铁翼
岂止一回，我的心被烧成灰烬
白花累累的梅李树林，谁砍去了？
故园挂满蛛丝，晨露闪射冷意
往昔井底木桶击水的清亮声音

聆听屋顶、山野春与爱新的呼喊
守岁的古老之夜，烛火通宵
愁绪、闲暇也美似光影，零乱恍惚
门外落花整夜轻轻飘洒
惹人乡愁难耐，况此风雨季节
这多事年份，又逢天涯沦落人
天边淡淡的蓝烟里，谁还漂泊不归？

美，总叫人愁！
乏爱的人世，因灵魂追问而殒命
魂飞化作辰星，亲吻着蔚蓝的永恒
洞悉尘世冰冷，愿燃尽自身，血气英灵
随海浪波动，洁白的莲花尽展风华
更有深谙忧患，痛惜由人后退坠落
苦涩的灵魂，为孩子生命之花绽放
以美与爱的名义深究生命精神
那断肠人在天涯又种了什么花？
他缅怀何人，记起何事而隐忍？

压低的额发下有晶莹泪花
其诗意人生由自省、孤单行走谱就

你是否在意人类的心灵奇迹？
什么人擦去你的灵魂记忆？
旧宫墙飞霞染红，老旧情调依旧
鸽子和儿童遥想破晓前，天使掩映
众星座吟诵声在夜空流动；可谁料
满城花谢！就在那撩人的孟夏之夜
牵挂的眼神，思念的伤恸
晚钟自深谷悠长声声传送寂静
坐在茅舍门坎我掩面哭泣
哭什么？哭的是人！
备受煎熬屡遭挫败困窘的
总是美，总是善，总是高贵！

失落了心的故园无以祭奠
咬牙隐忍灵魂的磨难

大雁彻夜跋涉飞行

梨花风起飘满空

一路倥偬，我已站在终端门前

我屋瓦上空天琴座正在划过

我将随那一簇银色火焰

去我命定的远岸

无论艰难失却自信，还是梦被偷换

这人世的好，抑或不好

我总寻思回赠：一枝含笑的玫瑰

一束幽兰垂着泪益发清媚

2014 年白露

叹年华

冷雨敲打窗外树叶，滴声不断
顷刻四周灰暗下来，心一惊
只呆立出神。似若昨日
蓝天上闪光的白云漂移像帆船
太阳照射野草温热芳香
长夏日午深广无边的静寂
让人忘却世界、忘却世事的静寂
片刻独享生之惆怅。那已成
万象流逝的见证
犹忆越过一汪涟漪忧郁的湖水
玄妙清远，还有钟声引往彼岸
深意悠悠，疗伤故园之痛
感应风雪后神魂还乡的回声
从黎明云淡风轻，到星星眨眼的
蓝色夜空，那神性之音了无踪影
谁悄悄偷走了难以言表的美？
唉，易逝的为什么总是美！

一抹晚霞缤纷亮丽
凌空缥缈六月淡紫的云
曾与明月一轮同听远近高低
鸟雀归巢相错相偕的重唱、轮唱
汇合风声、月光、吟诵的纺织娘
轰鸣交响，在山间回荡
听得人神魂颠倒
清晨降临，淡青色烟云
超凡脱俗的淡青轻盈飘忽
自对面山顶向湿绿的幽谷奔流
忽儿又缓慢浮动如幻似梦
对此远眺，只想永世这样站着
永生永世这样远眺，幻想……
窗外雨滴不停，蓦然醒悟
夏季已然飞逝，流光疾驰

花楸、忍冬细碎的金银色小花
路人不屑，只陶醉风中飘落的

玫瑰；小花守护山野墓地

以深度、持久风雨中送走年华

山坡弯路旁，草丛中山花数株

原先争相放蕊，鲜亮光彩

仿若教堂辉映圣像的玻璃彩绘

昨日的桃红、宝石蓝退去

今日的暗褐、灰白登场

过往娇艳的花冠无力垂吊着

疲倦无助，哀婉内敛；却原来

凋谢竟也如此华美、凄清

惹人眷恋，令人震撼

她那生、死竟也如此传奇

跟现时、现世无缘

与童话、神仙为伴

悄然摇落于一个霜风寒露夜晚

2013 年 11 月 7 日

沿着云我到处谛听

初生的电火曾
蓝光倏倏陡升疾降
劈云穿星勾勒出这些
狂飙激浪的姿影
反叛的喧哗的风暴
飒飒爽爽窜入云中
云雾万丈深壑里升腾
那淡青色缓慢浮游
飘满山谷山腰
仿佛造化正在进入静谧的梦

遽然间大块昏暗威胁坍塌
太阳辐射
在右侧我和天地之间
太阳正面黑森森压过来一艘
整体石铸的鬼怪式旗舰！

寻找偃息的旗

我踏遍岩石和遗忘
听无数音柱耸拔着凭风宣告
已走出洪荒隆隆地
跨过时光流程
仰视那高邈未知的时空
就从那高度
向下俯冲银子般的花环
峰项紫色雾气罩着的是
另一处烟尘么？

你壮硕的身躯铜壁铁墙
重重叠叠群立着耸在青空
吐云纳风抵御严酷的命运
我们一同
隐忍了那种失落像
极地冰山包裹的一团血色炭火
不是我们不能担当
这个黄昏有多凄怆

没有什么能抚平心头隐痛

这会儿它更

被这涌来涌去的山气被山风

酿得这样稠这样浓

只能让心思

跟随疾飞的流云　梦

留在这被遗弃的莽林

白云

　绕着拥着在你四周飘扬

朦胧了记忆、旗帜

掩埋着歌声、鬼雄

没有碑

没有坟

　一树梨花疯开

　　一片白色摇摆

　　　一阵大笑空中抛来

万物抖颤万山飞动

紫气蓝霭浮游洇开

无边日光的海铺展着

销蚀着万千闪光色彩

瞬间

野霭山岚开始聚拢

集结成队伍

哗哗地淋下来

　吓飞了雨燕

擦过大石壁

　一阵倾斜

　　一阵琉璃质的笛音

沿着云　我

到处谛听我前生

的梦

无缘由地哭泣

千言万语湿淋淋的

我怎样再听一次

一

从前这山谷
云水鸟儿跟风回荡
恰如心冲出我的胸膛
在云水鸟儿和流风里盘桓

整个夏季能随阴影亮光
摇曳着唱着日子就
转向铿锵响的
驶入银色清丽的梦寐

仿佛永在召唤云光传送无边的
古铜色庄严钟声
仿佛万物都被这无涯的音韵覆盖
我对尘世由衷的失望也溶解一会儿

原野蓝色飘渺的尽头总是憧憬着

为着不便明说的什么懊丧
有如星星沉落深邃的海
我迷沉在这蓝色幽冥的忧郁

谛听到大地的心
我的心也被土地召回
在更其幽冥的深层里叙说
人世的罪和失意的人

这就是
难忘难言的往昔

二

如今
每时每刻我都被动地残酷地
意识到生的虚假
活着但活的不是自己的生命

太阳巨钟古铜色的轰鸣被擦拭
被镀成锃光呛出干笑
短促而强盛占领了天空
云水鸟儿光影的合唱轮唱都

已落花流水远方那浩渺的
青色凄迷的幻梦正在消隐
可我心中还依旧亮着那些辉光
那回声寂寞敲着我寂寞的额

我怎样才能
再听一次土地的心呢

1993 年 6 月　北京

我怎么能说清

我怎么能说清，夜幕低垂，笼罩弥漫我们村子，那苍凉忧郁的幻影？万古不散的幽灵？悄没声息的猫精？

它轻轻踮起脚爪，一躬腰上了院子墙头，在布满黑苔的屋瓦踌躇片刻。又端坐青石磨盘，大模大样，诡秘莫测东张西望，驻足谷仓一旁寻思什么。

它在掩映井口柔情依依的柳丝中做梦。

傍着辘轳，它在倾听什么呢？来自井底清亮回声，仿佛隔世异样音调，漩起久远的记忆，解答你无从知晓无从应验的疑虑。

它真真实实站在乡村学堂两扇厚实的榆木大门前，注视每个过路的人。从阴影里走出来，叹一声气，踅回农舍，溜进烟囱，与炊烟齐头并进，升向明月——哦，遥远遥远，漂摇天心浮游蓝波的仙岛！

谁都看清楚了，它时常绾住村妇的鬓发一绺，固执地，自那些含香如花的鬓边，掠走了不知多少个贤惠快活的流盼。

也把些个小小欣慰、来年憧憬写在灶膛未烬的残红里，写在喜鹊报喜爽利的啼声中。

银汉清明，淡月笼纱，它便在一大片盛开紫花的苜蓿上空徐徐降落，比纱柔，比云轻，在漫空银尘中簌簌抖动，陶醉大自然的灵魂……哦，我怎么能说清。

时尽三更，它落落寡欢，带着隐秘心思，踱进茂密昏暗的老树林。那儿拱形树冠撒下浓荫清影。地上的野蕨、棕色蘑菇沐在浓湿的夜露。纺织娘和蛐蛐儿的歌也已沉落。只有信胡子洪亮中带些沙哑的笑声（莫名的恐惧！不祥的兆头！）大着胆子冲破深不可测的夜的寂静。远方时而流星闪过，在天空划出最后一次光明。那幽郁苍凉的幽灵，就在这座林子徘徊等待，跟树精、牧神聚会宴饮，用苦酒驱除心中愁烦郁闷。

哦，暮霭沉沉，弥漫在我们村子，巨大的幻影，我怎能说清，怎么能说清，你无处不在，无边无形，你那世态人情千头万绪，离合悲欢随流光逝去，你的陈年轶事世代相传，你的忧患叫人琢磨不透，逼人发狂发疯，你天真憨气的傻想，鬼神显灵的传说，还有你抚慰人心灵的梦，叫我怎么能说清。

哦，我怎么能说清，夜色茫茫，游荡在我们村子，万古不散的幽灵，徒乱人意暖人心房，又温馨又凄伤。

无论何时，走遍世间，我总闻到，夜气袭来，炊烟的薰香，一丝苦艾味道，圣经式的气质肃穆，尘世的惆怅苍凉……

章四

先知　使徒　怀乡病

先知　使徒　怀乡病

天真的　经验的

国旗为谁而降

土地下面长眠着——

先知　使徒　怀乡病

漫游者惓怠、沉重的步履
从大地深处回响时
星星正环绕月亮旋转
静谧悄然降落湖面
这方子民从摇篮便沐浴
湖风湘雨，聆听比岁月
更古老的歌吟轶闻
栖息于梦幻的林苑
早先茅屋、谷仓、草棚
就安顿在这浓密绿意中
以香草、鲜花装扮自己
沉潜于天意与神的警示
神的应许屡屡抵御了
命运与忧患的风暴
先哲、智者孤身独影
窘困流徙于荒烟野径
湖畔、江岸徘徊冥思
体察现世、死以及永恒之深微

勇将威权者的度量置于天平
更挑战人类智能的极限
流年疾转
世人日日挥霍着光阴
踩踏着同类的伤口走来走去
从不看与世态反目者一眼
待到这些灵与智的天才
体现人类的心智奇迹

照亮蒙昧黑暗的心
启迪人的思维绵延至今
那期间漫长的年年岁岁
春风里回荡着森林歌后
百灵春之声赞美诗般
时远时近悠扬飘忽的音波
花朝之晨，樱树间重复着一曲
无名鸟儿离别之音，一声接一声
飘零忧伤，意味深长，仿佛

追忆、渴求着什么

烟雨迷濛，子规那不死之歌

在空中震慑人心地狂吼……

他们早已听不见。沉睡于幽冥之境

万千奥义依然思虑难安

可这愚蠢的世界是怎样

机关算尽、怎样恶意辜负

神灯照过的深奥的大脑

又怎样地糟践那些稀有、罕见

为世界创立新境界的

智勇和心灵。坚硬的命运不能扼杀

他们用炽热痛苦的言词

昭示通向生命奥秘的指引

烽火干戈掠过

庙宇被侵袭，宗祠被焚毁

坚韧的土地，绿叶、酒浆

装点这儿永恒的暗夜

长长的黑纱披在墓碑

古松挂上白纱长巾

玄与素随松香

微妙的芬芳飘拂天地间

风中摇曳着落泪的野百合

锦段雪白的颜色

千年老林硕大树冠轻颤

丰沛强盛的生命气韵

一代代先知、使徒孤寂呼喊

经典诗章九歌国殇

吟诵之声缓缓上达苍穹

随风飘散天涯

天光云影周流不息

无常、厄运就范不了

负伤的自由深邃的灵魂

人说，诗是思想的音乐

而我贫乏的心智、语词

难以企及透彻的

超越时空的生命意义

以天、地、人追问无尽
更新人类的思维常轨
为后世刻下新高度的标记
清新着人的智慧
可是谁还在流亡异乡？
其言音调铿锵
为饱受折磨的现状独战
为何疾速的步伐迟疑一刹？
似有恻隐之心咬啮伤痕
匆忙的脚步，请停一停
梦碎之人，莫把
年华消磨耗尽
生命秘密已编织成
悠长斑斓的日子
镌刻在心上，谱写在歌里
歌声飘扬怀乡病患者

蓝色轻雾似的穿越心灵的忧伤

何须为此伤悲，难道不是

人的一生都在饮泣！？

今天

各路山鬼水魅列队成阵，个个

身披千种香草，头戴百花花冠

措词庄严持重，仪容虔敬优雅

对诸神深表谢意

取来了七弦古琴

奏响高山、流水，伴着

舞姿婆娑如花似月般明媚

2013 年 10 月 10 日
遵湖南民间艺术博物馆之托而作

天真的　经验的

色彩的盛宴正被流光
一寸寸洗去，流年碎影
在冷雨西风里飘动
听那古寺钟声幽幽咽咽
为什么一声声长鸣不断？
绵长岁月低语：是谁背叛神意
冒犯神的秩序，把月桂树
连根拔除？灵性之光凋敝
人一路溃败，失落了心魂

迷迭香丛中，微光轻吟低唱
群蝶嬉舞，哪知这儿曾
铁血加醉梦的风暴尖声呼啸
刮去一茬茬鲜嫩幼苗——许会
成长一位眉目深秀的教书先生
许会是一位安心种田的人
一位挑战现状的思想家
为一个奇想涌出眼泪的天才

或是弹拨吉他的游吟诗人

眉宇间透着童蒙的虎虎生气
没有什么不可能的
为一句箴言，誓以头颅换取
战旗在火光之上飞扬
号角昂奋，梦想激荡
滚烫的鲜血浇入家国泥土
迷醉长睡在彤红的光晕……
待到它日魂归——
天塌地陷，罪人、冤魂遍地

更惊怪自己竟一身囚衣铁牢栖身
同伴成了冤鬼却不明因由
由红转黑，功臣而罪人
身份角色大转换竟是如此
荒诞！生命精神何为？
惊魂颤抖，无可挽回……

正十多春秋，蓓蕾年岁

为琴声狂喜，为流星雨着迷

为春水送走落花洒泪

怎样祭奠绷断的琴？

当红雨英飞，飞上诗魂

日日骇浪翻滚，荆棘刺锥

我司梦的心被击碎，用什么

医治滴血的神经？大地的伤痛？

用什么疗救？天心月圆之夜

我心灵的钟声响了，为蓓蕾无数

幼芽临终灿烂的一霎

为我无尽的悲凉与尴尬

2014 年立夏

国旗为谁而降

5 月 12 日四川大地震，5 月 19 日 14 时 28 分，
全国为遇难同胞降半旗默哀。
此为 1949 年以来，国旗首次为民众而降。

我不会弹琴，孙女儿的
兰花指尖流泻清灵的泉水
也不能抚平我心的皱纹
那是我祖国用创伤不幸
腐蚀成的。忧愤不平
比地心更深，日久年深
淤血堵住了心口
意绪无路可走，今天
是谁，给装上了弦索
悄然发出均衡熨帖的奏鸣
恍惚听见孙女儿指尖溢出
流水琮琮琤琤，仿佛若有所思，
仿佛充满灵感
融化着的花瓣纷纷坠落
透过深藏的泪水，我看见

蓝的哀音紫的雾氛缭绕着

氤氲着整世纪的伤恸

我们的国旗

缓缓下降

2008 年 5 月 23 日改定
北京阜外心脑血管医院病房

土地下面长眠着——

阴气弥散乡间墓园，轰轰然林隙导入光的泉光的瀑，千线万点迷离飘扬，仿若一片亮亮的幻象，一座颤抖神光鬼火的灵殿。

清风乍起，无数树枝碰撞晃摇声浪萧萧，满林间光与影忙乱纠纷，倏然地，撩乱地……

光的烟海飘满了天使，轻张翅膀到处游戏，快活地追逐，却不知亡魂时常大胆出没。

嬉笑呼唤驾着风，亡魂们惊讶了，停下脚步，似有哭声叮咛从地缝钻出……

这儿黄土掩埋着整段整段的旧梦。

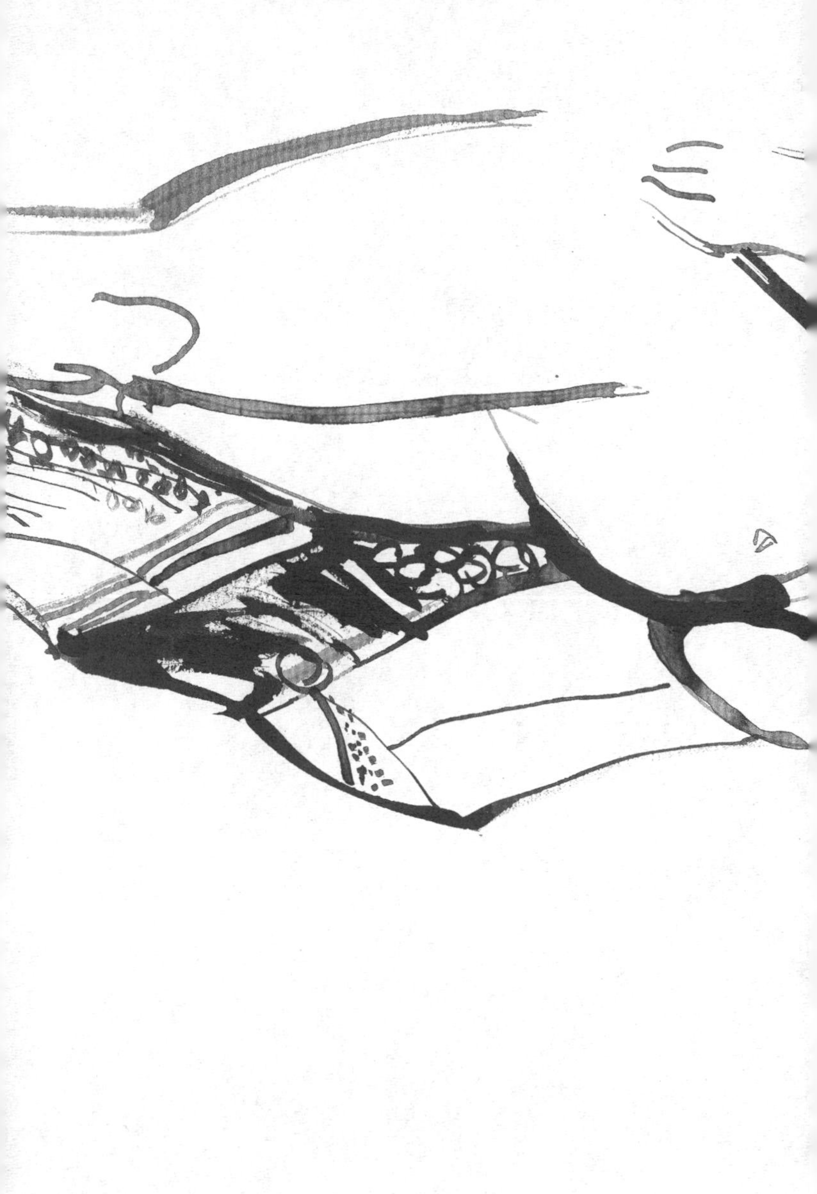

章五

有彗星的美丽

有彗星的美丽

记忆

落叶

过司马迁墓

己巳年九月十二日

有彗星的美丽

有彗星的美丽鲜花一大束
一杯龙井散出腊梅的清幽
我们摆放在墓碑
待到日头西坠收去了光线
从世界尽头亡灵赶来时
天空幽深，飘忽的星星
摇曳的月亮溅泼光芒在
晴空回转，热切地
议论地上的事
而为亡灵的诉说托付给
树木的鸟儿，鸟儿用
婉转的鸣唱吻
他们的心，用凉爽的泪水
浇洒枯萎的记忆
风飒飒地吹，耳听得
无边的寂静，谛听
安息者的低语叮咛
谛听生命延续的幽微动静

记　忆

织女星、启明星笑声纷飞
无数蔷薇色光束射向
起伏波动奔往地平的松涛
整座森林轻摇着它多彩的梦
林梢透下光影满林缭乱相追
成群蝴蝶嬉戏闪烁
枝蔓缠绕，幽寂无声
沉浸于渺远岁月深处
星星、珍珠挂满枝头
处处矢车菊花清澈出世的蓝
蓝得出奇不可思议，与
紫苜蓿上层层水晶、碎钻
叮叮当当交相辉映

好璀璨众神的宫殿
鸟雀快活清脆的银钟儿
纷纷腾空，上下四方盘旋回环
清风传来湍流冲撞峭岸

强劲咆哮的怒吼，随之
巨大的水花开放，散落
明艳灿烂，镀银的莲花朵朵
浪涛、松声、风吟、鸟鸣
宣叙，咏叹，轮番，变调
千百种乐音在天地间交响，激荡
多幕歌剧正在盛大演出
我走在野草花丛，呼吸着
浮动的松树气息和幽馨花蜜

不由惊异那
冬雪、春汛、风霜、雨露
鸟儿声影、风里飞舞的
落叶坠红五光十色
是怎样隐秘潜于泥土
参预生命孕育，成就了
永续不绝的玄妙奥秘
这般秾丽，深邃之谜

接手神的恩惠，人
却粗俗不堪地……
正这样凝神思索
似玻璃、瓷器蹦击
忽一声隐约又明丽

自无限高远的云里
高得令人眩晕
时隐时现，忽降忽升
雁过也；风吹雁翅有声息
星空飞行，保持庄重尊严的平衡
有谁关切鸟儿迁徙感人的
悲壮和意义？万千艰辛险阻
源于生命的渴求，意念的坚守
收集无价极品——
去寻找消失了的星座和
飞泻的流星雨，寻找
赞美诗及忧伤哀挽的歌

寻找浪子回头幡然悔悟的泪

寻找铁栅里生命临终的一声叹息
寻找——
强忍失利的巨痛，颠沛流离
仍以透彻思索为业
冰雪中不灭的火焰，以其
灵性与深意抵制人自身
退却、溃败，守住人的尊贵
寻找神的讯息
唯有神的创意——每一个生灵
不可重复的唯一与神性；而以
人的品位与领悟者几人？
风掀起森林一阵喧响
一阵暗影波涛层层滚过

最后的雁阵终将随风而去
最后的夏天也渐行渐远

最后的夏云漂泊流浪
谁知流浪何方？
最后的雁声摇曳不停
世上前尘迷茫，很久很久以往
鸟儿也有途穷恸哭之困么？
正想暗自思量，另有肝肠寸断之殇
我不安的心，神秘音信摇荡
我细听梦碎，亲历故园倾圮
哭得像个孩子
心的家园已被荒凉阴影席卷
只有永恒的夜唤醒往日的梦

思慕、祈愿延伸为爱的倦烦
解读人形形色色的畸形陶醉
见识了十八级雾霾淘洗人心
可怜人们只好用段子慰藉
苦闷、创痛、忿懑、无望
无奈、迟钝，更有炫目的

媒体哺育的多数……

甚而，是不是已再见不到那

森林与神絮语的魔幻

矢车菊花美得不可思议的蓝

风吹草丛悦耳低吟灵异幽深

月色中紫苜蓿倾诉，悄声细语

给人幻觉沉醉迷离

风之琴，水之韵

轮番宣叙、咏叹、变调、交响

众神原初的馈赠还在不在？

梦里仿佛听见雁啼血的嘹呖

呼喊记忆的深渊；若没有了雁

没有步态闲雅、风姿贵气的

鸟们的声影，岂有万类栖息的

魅力与诗意！

我为每一个灵魂祈祷，心存感恩

这多梦时节，孤寂长夜

听漆黑旷野孤雁零落

调苦难以成歌的雁声

声声总关情

2013 年立冬

落　叶

朋友你看，这里山间已是落叶铺满
红、黄、褐，层次纷繁
如同画家的调色板斑斓沉着
风过处，发出窸窣的

洗浆过的衣衫干爽的声响
从高高的苦楝树上
鸟雀俯冲在落叶上蹦跳
啜饮叶片细碎的露珠

贴着土地的肌肤
落叶在湿润的泥土上睡眠
梦着春日和长夏的好时光
它可是梦见知了响亮高亢的鸣唱？

梦见白蔷薇和粉红的海棠花上
蜜蜂辛勤奔忙？或许它梦见
小黑马驹越过溪流

跑过了高山？

朋友，当我们在山林漫步
感受土地和落叶松软的厚垫
我们闻着枯叶、干草的香气
听着月亮银色的回声

听那自远方刮来扫过落叶的风
仿佛吹奏排箫牵动人的心灵
我们的足迹无声无息，一一
留在铺满青苔的草地

过司马迁墓

起风了　司马迁手中
擎着一盏灯
穿着麻布衣袍
凌乱的胡须暗淡的发里
凝聚两道电流
穿透悲欢荣辱
超越赞颂

他告诉我
住在这黄土岗上挺好
亲切浑厚像一位老农
我仔细听
这高高的黄土岗上
星子们就在耳旁
飘飘摇摇在蓝色气层
一面穿梭一面谈今说古
南来北往群鸟
山崖上筑窝

飞绕陵墓古树

翠柏枝头山雀吟唱

一道闪电

曳着低沉的雷声

我看见司马迁

宽的额厚的胸

黄河和大野的气息

从那儿穿过

己巳年九月十二日

又是一季

什么景色

心里飘摇

谁又能说

六月

不是降雪季节

七月流火初度

先就将占星人灼盲

星象飘移

凄风吹过天顶

亡灵们额上戴着

太阳和海浪的光环

心中充满被诱杀的

懊恨

阴森的激情

等待可怕的释放

那些幼狮睡梦中梦见
振翅声响
许是那种兆头
冰冻如花岗岩
　　撞　开　地　层
一轮轮辐辏起伏扩展
褐色的热土的波涛
银亮的鸟儿啊
抖开挂彩的羽毛
簇拥记忆
直上眼看不到的高处
向着旷野散落

又是一季
似白桦林这些蜡烛
通体明亮
超度的木鱼声　磬声

章六

不要玫瑰

不要玫瑰

旧马车

听风听雨

龙水梯

鸽子、琴已然憔悴

早起的知更边唱边飞

不要玫瑰

不不要玫瑰　不用祭品
我的墓　常青藤日夜汹涌泪水
清明早上　唤春低唱　一只文豹
衔一盏灯来

匆匆赶来安顿歇息
我深思在自己墓地
回望所来足迹
深一脚　浅一脚

寻思那边我遗忘了什么
崖畔　光影　清水　风声
徘徊　徘徊
总是　总是寻找什么
我已告别受苦的尘寰
这儿远离熙攘的人世
白日里我听见　蟋蟀空寂鸣叫
黑夜里我听见　山水呜咽奔流

我有心跟山水悠悠流走

又恐怕山水一去不回头

启明星哟

风里露里　请以清光辉映

不要

不要向灵魂询问

旧马车

乡村大路上滚动向前
我那两轮的旧马车
颠簸着我沉沉的意绪
赶着寂寞的路途
无论世事把我抛向何方
我总思量回去那一方，我要
亲手卸下马儿的皮革套索
拂去马儿前额红缨穗的灰尘

马儿一往直前、俊美的头颅高昂
它英气飒爽戎装少年模样
红缨穗子在额头飞扬飘荡
唱着，和着颈项一圈铜铃叮当
把我带到异乡，可我依然
想回到你带我出发的地方，那儿
有我的童年，庄稼汉的叹息
狗守着院门，老人眼里泪汪汪

我的马儿我也曾骑上它

抚摸它浓密光亮的鬃发

它会弯过头来给我的脚踝

长长的吻，一个亲人的回答

我要回到我的马儿身旁

揽住你忠厚漂亮的头，用我的颊

贴着你脸庞，让我们重温

我们苦寒温馨的闲暇时光

2009 年 9 月 16 日

听风听雨

今年秋天是由屋檐上滴下来的
繁弦急管，先是紧张错杂
随后疏朗清晰，渐渐地去那
悠长的巷子深处，一滴，一滴……
鹤鸣过了，剪秋萝也谢了
光阴跌宕，留下不知多少惋惜
谁又将铁马儿挂在檐头？
那清绝凄恻还有谁懂！

叮铃叮铃，凄凉的阴影
远处细微的哭灵声，永罩心上
无论颠沛何方。今夜，银丝飘拂
生命之问你有没有？
柳梢敲击着窗棂，敲击着伤口
沁血的神经拿什么疗救？
玫瑰枯萎，琴已破碎
你有没有校正生命之轨？

原野上风浪卷起雨帘翻滚

云摇水摇，树摇花摇，草也摇

风神猛撞风铃，虫声儿驾着风颤悠

这样多精灵飞来梦边摇曳流韵

你道是哪一声、哪一韵最伤人？

铁血加玫瑰洗礼过的灵魂

爱与痛的迷惘，哪里去找

哪里去采疗伤的忘忧草？

落日残红，阵阵落叶纷纷

飘向水中映着的自己下坠

更何况昨夜风尘昨夜梦

今秋又听一夜雨

灵魂的泪水往深渊流

铁血玫瑰之梦变形失衡

你知道你是谁？

这异样的荒诞如何应对？

甲午秋分

龙水梯

霜降这古老节候许就是
诞生于步履下薄冰提醒
脆裂声隐秘着怎样悠远怎样
怆然的叮咛怦然惊觉我们
共赴先人风波洪流

这个黄昏吉凶未明
无思　无歌
“说锅说勺”
“岁月蹉跎”
又被这鸟啼惊起　这啼声
一次次锥痛我在那天梯
也是这个时辰月牙儿该跳出来
从那大山背后
天顶便发出琴音冰蓝冰蓝的

那些银子般花环俯冲跌宕
那些峭壁没日没夜地

飘忽往日烟雨往日的光和雾
并非故事　谁竟以
镰刀梭镖抵御打家劫舍的人
制服杀人放火的事　以
平常身躯搏斗强兵锐器而
报仇雪恨　谁迫使
两千米危崖庄稼扬花
谁又用锄镐拓展了天梯
天象混沌一种低沉重大的预示
倏地列成方阵链索
龙水梯　代代尸骨站起来
拼杀声逃亡声凋零声喟叹声
狠狠抽击大地

龙水梯遗落是上帝疏忽
安身在梦的峰巅这些人家
石屋石桥石仓石的牛圈鸡窝
掩映在坠落花雨的绿涛碧波

青气风水和光环护　雄浑悠扬

让人夜不成寐龙水梯其实

白云间厚重石头的一段憧憬

在十二级烽烟飘摇喘息

星云漩涡浮载的是梦

离上帝很近

明月那一边有什么

龙水梯就梦着什么

鸽子、琴已然憔悴

一

难道我成了

遗迹残骸

斜依野风经年

头顶旧梦婆娑　悄然地

心中莲开莲又落　褪去自身

来到远离掩埋祖先的地方

把心思托付给风

聆听不断扩展的浩远之音

祭奠人世不朽的悲痛

可又为何在此岸跟大伙儿

行走忙活心有迷离却

装做兴味不错

二

风雷　云水

据说缘起一则谶语

眼见那些妄通法者一夜间又

通体窜出了另样枝条

这前后永逝不再寸寸流光竟

只为充耳的万花千树

竞相吆喝一争嵯峨　或调门尖刻

或不露声色八面闯进来

我司梦的花冠遭此摧折

严重缺氧拼命呼救

嘶哑声困在狭窄囚室

在颅腔四壁冲撞

能再递我一挺轻机枪吗？

三

可又不知瞄准什么　要不就

透露些许谶语谜底给我

即使宿命　也该让人弄懂怎样
言说如何行走什么表情才算
暂时做稳奴隶的准则
太费猜测令人气绝　再说了
这关乎对作为人类的我绝望
关乎活　还是死
或者干脆

跟我说说天堂鸟儿的预言故事

四

平日用一种饮料想起童话
想起树桩狗尾草想起了那些风
捎来世事叹息的回声直吹人的心灵
寻思那高高的风水瞭望者为什么
老是觉着自己精灵飞走了
风沙沙树顶鸟窝晃着歌谣
莫非那儿躲藏着我？这证明
我的生命由我本人活着？　可

心灵感应又收获些什么呢？

五

何方烟雨正抹去关于

灵魂的记忆

还没有去装殓？蒙难的灵魂

向晚总徘徊井边　安息地

何处去问询？难道我们

仍未能抚慰他们深心的痛而

淡漠了离去时依依的执着？

仍未担当仍未敢

点支蜡烛向幽暗阴深的回廊

投一线光用安灵曲子送一程既然

我们侥幸活在世上？莫非是

六

灵与魂被强暴？

被窃取偷换？抑或

亲手奉献？难怪
千秋深意有谁沉想过品味过？
什么人匆促的步伐停了一霎
把心观照一回？谁的梦与纷飞的
雪花鲜艳片刻？灵魂沦陷
废墟上什么魔法应验了？
沁透的是谁的喜怒？安营扎寨
又是何方神圣？何以意识中枢
与心律搏动交火？
受惊的心

你不要往浓雾里飞　也不要

七

挨近燃烧的玫瑰
玫瑰燃烧会撕碎
你脆弱的心最最脆弱的部分
你不见月华星芒掩映
故园风雨后屋角墙阴面影不明
守护神的昭示已听不到

澄明的亮亮的神的音乐

显灵于风的灵动水的晶莹

万千天籁将天地的意念传送

而今哪里去找寻？

让我们去听星云飞逝

八

生命流程的投影飞逝的星云

轻摇声响护佑

天光雷电倏忽

盘桓在星座运行的汪洋我

这是从哪里归来？认出了自己

和自己相对泪如雨

就在这一刻　这一刻

暗隐凶兆那笑声四面冒泡　我的心

化作嫩蔓朝里蜷缩　而

梦的边缘有只鹰展翅回旋

把诀窍秘语撒在我眼帘

迷茫着梦着有朝一日心灵修复

灵魂回归

涉趟什么样的水火？

九

时常我盯着苍天深处
一带水域渡口众多影像
与鬼魂相仿　有我的前身
立在上帝面前　真想
到心弦崩裂地方凭吊一场
没有人知道我　孤孤单单
为苍茫太空痛哭　敢问
这地方笑或不笑可是自愿？
我能由我本人活着吗？
能否去那开阔地洒泪？那里
鸽子、琴都已憔悴　再问
能掬一捧泉水解渴吗？准许
滚铁环在一片光海奔跑？又
哪里去听寂静听听松风鸟鸣？
怎样去剪一片月裁一段云来？

那是谁　他一人从云中

高吼信天游泣不成声

谁在守护天上的大门？

（原载香港诗双月刊《诗网络》2003 年）

早起的知更边唱边飞

早起的知更边唱边飞
时而欢快，时而低沉
用清丽或暗沉的嗓音
我手握一把挂着露珠的
青草，草清气、知更歌喉
打云天深处翻倒了酒杯
好年份的陈酿向大地倾注
风拨响千百种天琴，赞美
百里香、蒲公英芬芳的原野

向河山致敬，向人性之光问安，
向橄榄花冠祝福
在紫丁香色的晨曦里
我的心应和天地音韵
充满灵性，若有所思
谛听与神和解的祈祷之声
紫薇与丁香花瓣融化心中，忽又
寻思，梦，怎么会让人失落那

诗意悠悠的故园乡井？莫非是

违逆了神意？指着磨难称作幸福
神位上坐着歹徒，以心灵放飞
换取酒色财气，只剩下日夜恐惧
又彼此戒备。早先，梦的大红门
七彩鲜花招手，怎地门里头
尸骨、瓦砾、虫虺、走兽遍地？
如今，我血管流的是惊恐以及
尴尬的脉动，白日里心痛
暗夜梦着悲哀与怕的激情

2014 年春分

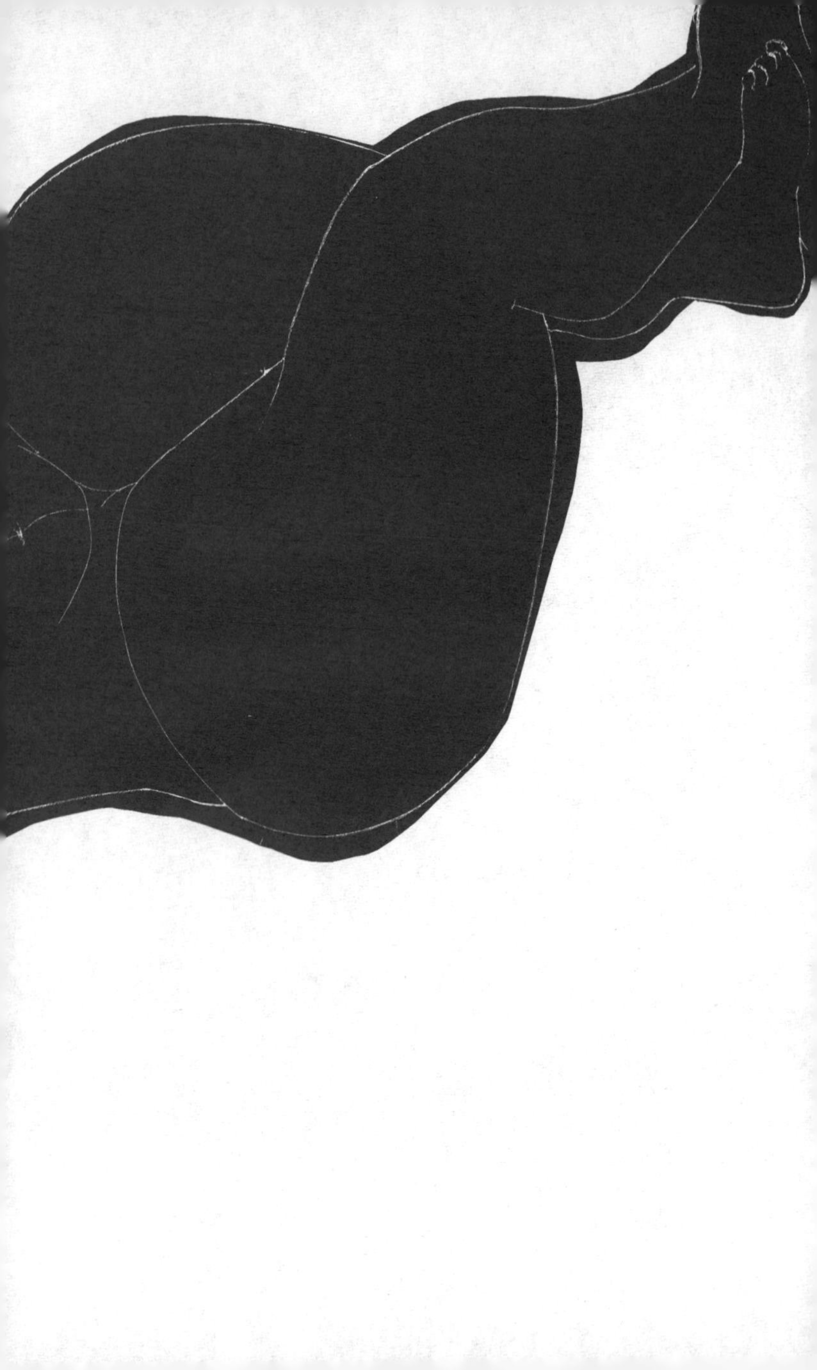

章七

我已退到海角天涯

午夜闲步乔松林

我已退到海角天涯

携带森林的喧响

是谁拉响了琴弦

猎户星的芒线为谁穿透云层

苍穹深处光影徘徊之乡

午夜闲步乔松林

午夜闲步乔松林
聆听不远处流水清透
听风瑟瑟
听星星疾驰飞翔
听云才从时间飘出
又流进年光
满林松针密密层层
飘然出云轻移舞步
是哪一尊神？
看她行过猎户人家屋顶
往松林的发上戴了一圈
银蓝色的光环

鸟儿和人都已入梦
月神以清辉给大地爱的亲吻
像有什么心动神摇的事临近
许是神秘的森林之神的

心灵消息，神爱我们
好运驾到，于人这样一个夜
唯美，独处，哭泣
美，总叫人愁；风吹去的方向
白云、花香飘拂的远方，那儿
绿荫、野花簇拥，连年灾患过后
沉潜着古旧金属的遥远时光
燕巢、檐影藏着我初始的梦

立在驿站桥上我回头一望
眼泪如雨默默地流
家燕、家鸽、马匹、护家的狗
唉！也都见老了
一齐转过头朝更老迈的我呆望
老屋老院、老树老墙、大小
门窗、石阶陶瓮、马厩磨坊
处处相照相映，暗香依旧

仿若整卷册的牧歌

窖藏的陈年老酒

全套祖传名贵书画

内敛，自尊，默默看着世道

我已退到海角天涯

我已退到海角天涯
一枚花瓣一片羽毛跌在深谷
不要问，不要提及我的心
原本月桂树上一只杜鹃鸟儿
我失落它是在梦里
脚下世界不屑一眼
叩开心窗？除却星空、月色
墨韵、心香；能读懂
菩提花、月桂花风寒辞树
不是寂灭，是随自己精魂归去

今夜蓝色曲调反复萦回
离乡人的身影随溪流飘荡
抬头又见屋瓦上青草在风里摇
紫苜蓿、菟丝子、牵牛、星散的
飞燕草花闪亮蓝钻石的光色
疯长着爬满石头垒的老墙
而今竟全都渺无踪影

玻璃墙幕斗艳争奇
疾速更换巨幅荧屏炫酷
以新招异术驱赶记忆的疼痛

这祖屋像被丢弃在壕沟
被当作废品、过时的旧物
曾几何时，这祖屋墙里墙外
那些永恒的日日夜夜
我们敬神、生日、喜丧
除岁、干杯；温暖，悠远
而今再见不到老人们坐在村头
树荫下石碾上悠闲地饮着烧酒
长吁短叹议古事，谈逝者
与时无争，与世无争

携带森林的喧响

携带森林的喧响
一环一环掀波涌浪
大铜钟响了，为谁而鸣？
谁摇醒了百年远梦？
轰鸣的余波一环一环延展
时而悠远，时而雄辩
密藏几世秘事
触痛了爱与美的创伤
仿佛跟随先人重回故里
那架古老水车还在转
井水撞激出清亮好听的音响
立时泪水模糊了眼睛

一种锥心的思念
流年无始也无终
老式壁钟依旧滴答不停
回声连绵成一曲蓝调奏鸣
唤起这忧患之思以及

爱与美的祭奠的缘由：

星云旋涡流转不息

星星闪闪点点

星空永恒

受难的亡灵之灯千秋

花落坠地悄然无声

是谁拉响了琴弦

是谁拉响了琴弦？
吉他声起，谁在弹拨？
颤动，悠长，键盘、吹奏声
听那弦外之音敏感低回
众琴泉水涌流溅泼
涵泳生命线索的
风风雨雨纷纷扰扰
以心灵奇迹的符号
触痛了爱的伤痕，思乡之苦
来自大地纵深
是号角，明丽辉煌直冲天庭

是鸽哨，峭立云端清澈明亮
琴声共鸣穿插，酿出了
遥远的一线晨曦，花信风季候
细腻委婉，清爽通透
投向行在低气压风雪那些
忧郁心悸的人，今夜

我听见钟、琴、光的交响

心安处，是故乡

遐想飞翔我的心

我的心，不要怕

盏盏灯火点着啦

猎户星的芒线为谁穿透云层

猎户星的芒线为谁穿透云层?
在夜空划出美的弧线
通往大地的心
探究生命细密的沟壑
机巧阴暗，洞府幽深
英雄气质不朽的寂寞
爱与美的厄运
梦的埋葬，人性颠簸
统统掩映在时钟滴答中
今夜，猎户星射出一束束光
自无限遥远，摇曳斜射下来
好似绽放生命的雪冠银杉
随风烁亮，银光闪闪
与树冠一起摇风我的心

跟白鸽翻飞回旋
与孤寂的风雪行人同在
猎户星光波摇荡

仿佛梦的觉醒
浸透了腊梅、兰的幽馨
细腻敏感，清氛袭人

仿佛对过往自己的反叛
仿佛灵性生长的呼喊
爱的触须伸向生命脉气
为之惊颤，为之着迷
为之悲凉，为之冥想
趁年华
尚未被脚下世态耗尽
尚未随季风飘落天涯

苍穹深处光影徘徊之乡

苍穹深处光影徘徊之乡
众神惊异，圣灵哭泣
仿若渺远的琴声和鸣
复调层叠交织，幽光点点
仿若布满伤痕英灵的呼吸
灵魂的深度忧郁
澄明，深情
涵泳在神光里
潜隐着生命的奥义
神与人在世间一同受难
哭泣、惊愕经久不息
一次次出离岁月长廊
一次次把人的心揉碎

引领人穿越遥远的光阴，犹忆一心
看着更远的远方，一意寻求天堂
朝思暮想扬帆去漂大海渡重洋
今夜，耳畔故园溪水潺潺

祖屋烟囱炊烟蜿蜒飘动
强忍着已蒙上眼睛的泪……
梦里曾以童真换得魅影魔方
迷醉中焚烧加油煎穿梭
心弦的调性、方向感反转了
难为、不安，抵不过恐惧，于是
对着自己良心编织荒诞事
搏风击浪的海燕不见了去向
由胸腔发出猫头鹰的喧嚣

蜕变完成了，适时，顺势
满足了魅影的欲望，直到他
站上峰顶，转过身指说你伪装
撕开了世纪的伤口！万民高扬
颂圣的曲调，你只能
低头弯腰领受万千拳脚、唾沫
谁还在意当初痴迷天堂的你
水钻、朝露般纯净，舍生忘我

你那向往、你的梦！交出了尊严

难道你没思量过向你那

不堪的过往索要些酬答？

让自己成长起来？

给世纪、给自己一个交代？

2015 年秋初稿

2016 年立夏定稿

后记

灰娃

我独自生活在北京西郊山中，极少进城，与外界少有联系。但我时常读到一些学者文章（多是年轻人给我看的）。这些文章，见解独到，有着人性、自由、智慧、美的光芒，使我听到了更多的期待的声音；这些声音是琴，是大钟，是星！重要的是，让我收获了启蒙，明白、清晰了更多问题和事情。对于我，再没有什么比收获到思想者的智慧、启示更令我狂喜了。这些欣喜、共鸣让我长时灰暗的心里有了几处亮点，并不自禁地从心底涌上热情。我已九十岁了，但我还是脆弱、羞于表露……回望六十余年，较之那些更优秀、更杰出的先逝者，我深知自己是平凡与渺小，是美在默默地引领，引领我的喜怒哀乐、选择或舍弃。我以审美取向、审美选择区别人与人的分野，“美将成就世界”，这话我信。

由以上这些，有了这四十首诗，尤其最后这一组六首；我所有的文字，都是我的生命热度、我情我感体验的表达。若会作曲、演奏，我定以音乐表达。任何人文艺术形态的表达，我都称之为心灵奇迹的符号。

家明、志伟、冰川、秀芹四位年轻朋友！

并请向谢冕先生致以我的惊喜和珍惜！

谢冕先生为《灰娃七章》写下了如此详尽、丰沛的序文，我深知这须得用去大量心血和时间。

汪家明先生阅稿、思考、编辑；张志伟先生为此书做了装帧设计；冷冰川先生专为此诗集创作了一系列画作；高秀芹女士在繁忙的工作中为出版《灰娃七章》精心筹划、校审。是你们劳心劳力，使这本书从里到外不见得意、得逞的江湖气，而有的是沉淀后的沉着、悠远。

特别要提及的是，上面每一位都是出于对诗、对艺术的热爱以及对创意的追求，大家自动地组成了《灰娃七章》编辑小组。数次协商讨论，扎实细致的工作必得付出心血和时间，而对于每一个有着繁重工作的人，还有什么比心血和光阴更可贵的呢？心血、时间就是生命，有什么比生命更珍贵的呢？说声谢谢，太轻太易，于我成了难为的事，终是说不出口。

你们所做的一切对我真是一种幸运，给了我长时灰暗的心灵最珍贵的惊喜与慰藉。当今这乏真乏善乏美的人世，你们的所做给予了我新的经历与真切的体验：生命追求的升华、艺术与诗的尊严以及自由连接的见证。

还有什么比这些更叫人喜悦的呢？

夏・2016年

图书在版编目(CIP)数据

灰娃七章 / 灰娃著；汪家明编；冷冰川图.—北京：北京大学出版社，2016.11
ISBN 978-7-301-27369-2

Ⅰ.①灰… Ⅱ.①灰… ②汪… ③冷… Ⅲ.①诗集－中国－当代 Ⅳ.①I227

中国版本图书馆CIP数据核字(2016)第180314号

书　　名　灰娃七章
　　　　　HUIWA QI ZHANG
著作责任者　灰　娃　著　汪家明　编　冷冰川　图
出版统筹　高秀芹
责任编辑　张丽娉
书籍设计　张志伟・纸墨春秋设计工作室
标准书号　ISBN 978-7-301-27369-2
出版发行　北京大学出版社
地　　址　北京市海淀区成府路205号　100871
网　　址　http://www.pup.cn　新浪微博：@北京大学出版社　@培文图书
电子信箱　pkupw@qq.com
电　　话　邮购部62752015　发行部62750672　编辑部62750883
印 刷 者　北京方嘉彩色印刷有限责任公司
经 销 者　新华书店
　　　　　787毫米×1092毫米　32开本　7.125印张　50千字
　　　　　2016年11月第1版　2016年11月第1次印刷
定　　价　88.00元
